CB053776

E quando você encontrar consolo (sempre nos consolamos),
você ficará feliz por ter me conhecido.
Você sempre será meu amigo.

— Antoine de Saint-Exupéry

A sombra do elefante

Para meu amigo Stéphane
N. R.

Para Fiammetta e Bice
V. V.

TÍTULO ORIGINAL *L'éléphant de l'ombre*
Copyright © 2019 Nadine Robert
Copyright © 2019 Valerio Vidali
Copyright © 2019 Comme des géants, Varennes, Canadá
Copyright © 2021 VR Editora S.A.
Esta edição foi publicada em acordo com The Picture Book Agency, França. Todos os direitos reservados.

DIRETOR EDITORIAL Marco Garcia
EDIÇÃO Fabrício Valério
REVISÃO Thaíse Costa Macêdo
DESIGN Nadine Robert
DIAGRAMAÇÃO Pamella Destefi

Dados Internacionais de Catalogação na Publicação (CIP)
(Câmara Brasileira do Livro, SP, Brasil)
_____

Robert, Nadine
A sombra do elefante / Nadine Robert; [ilustrações Valerio Vidali; tradução Fabrício Valério]. - 1. ed. - Cotia, SP: VR Editora, 2021.

Título original: L'éléphant de l'ombre
ISBN 978-65-86070-39-2

1. Literatura infantojuvenil 2. Melancolia I. Vidali, Valerio. II. Título.

21-54484 CDD-028.5
_____

Índices para catálogo sistemático:
1. Literatura infantil 028.5
2. Literatura infantojuvenil 028.5
Maria Alice Ferreira - Bibliotecária - CRB-8/7964

Todos os direitos desta edição reservados à
VR EDITORA S.A.
Via das Magnólias, 327 – Sala 01 | Jardim Colibri
CEP 06713-270 | Cotia | SP
Tel.| Fax: (+55 11) 4702-9148
vreditoras.com.br | editoras@vreditoras.com.br

SUA OPINIÃO É MUITO IMPORTANTE
Mande um e-mail para **opiniao@vreditoras.com.br**
com o título deste livro no campo "Assunto".

1ª edição, mar. 2021
FONTES BrownPro Regular 16,5/24pt;
        DK Cool Crayon 17/20,4pt;
        DK Splinterhand 20/24pt
PAPEL Offset 150g/m²
IMPRESSÃO GSM
LOTE GSM170223

A sombra do elefante

Nadine Robert e Valerio Vidali

TRADUÇÃO
Fabrício Valério

Disseram que o elefante estava jururu.
Disseram que ele estava escondendo a tristeza.
Disseram que ele preferia a sombra.

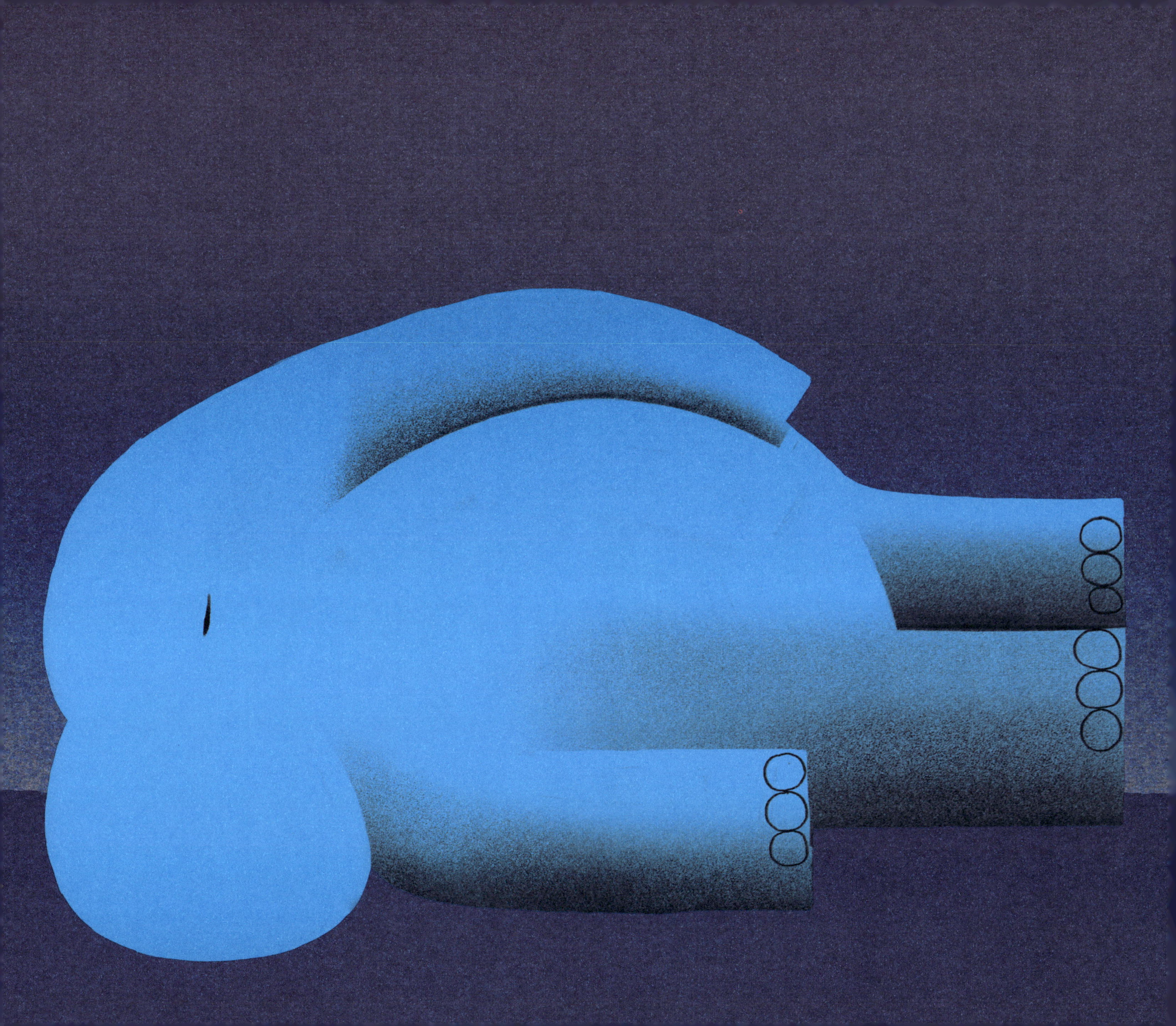

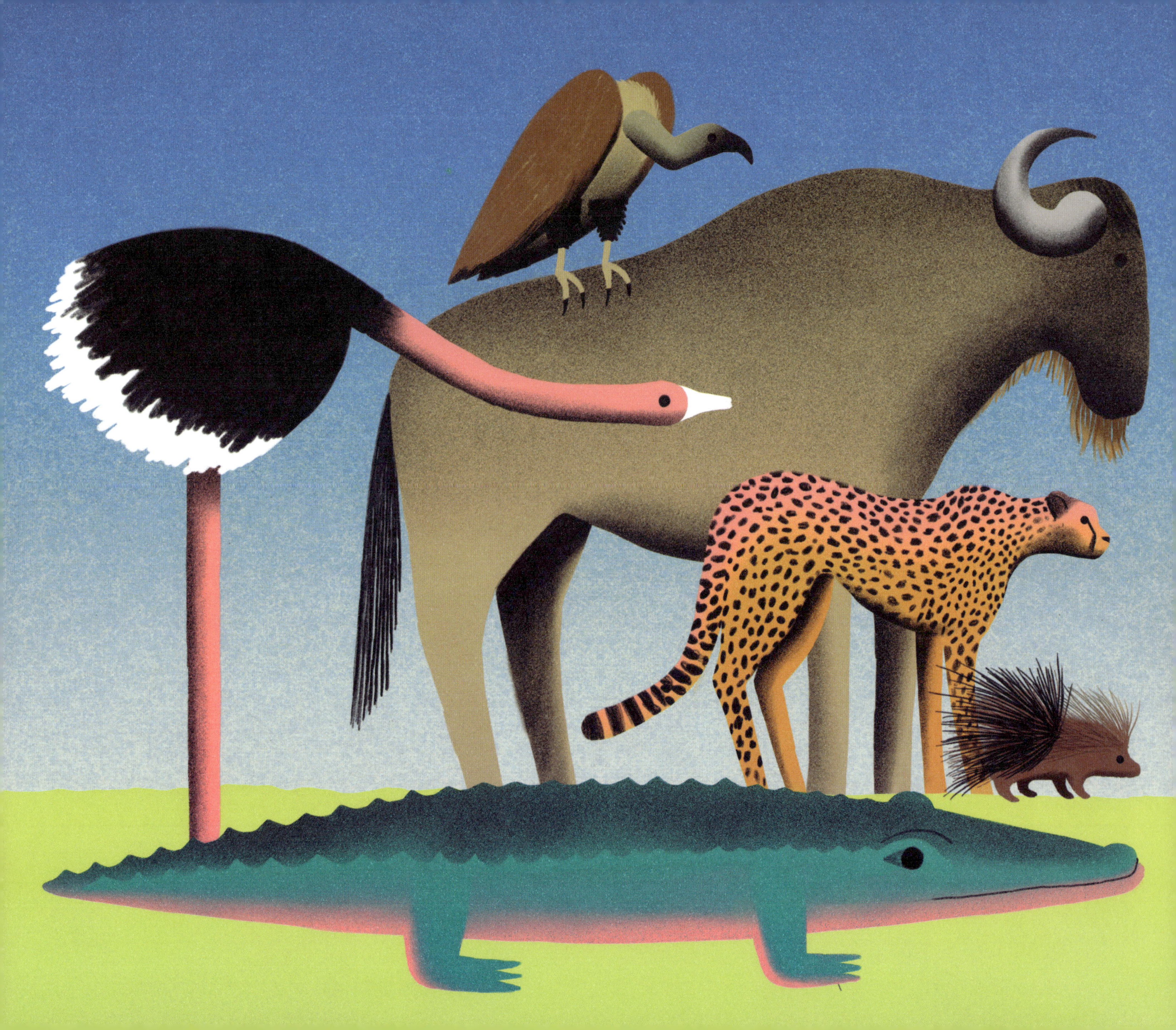

Os animais da savana decidiram ajudar
o elefante a recuperar o bom humor.
Talvez se contassem a ele uma história divertida…

O macaco estava tão disposto que contou ao elefante sua piada mais engraçada. Aquela da banana na orelha. Era de gargalhar. Todo mundo adorava!

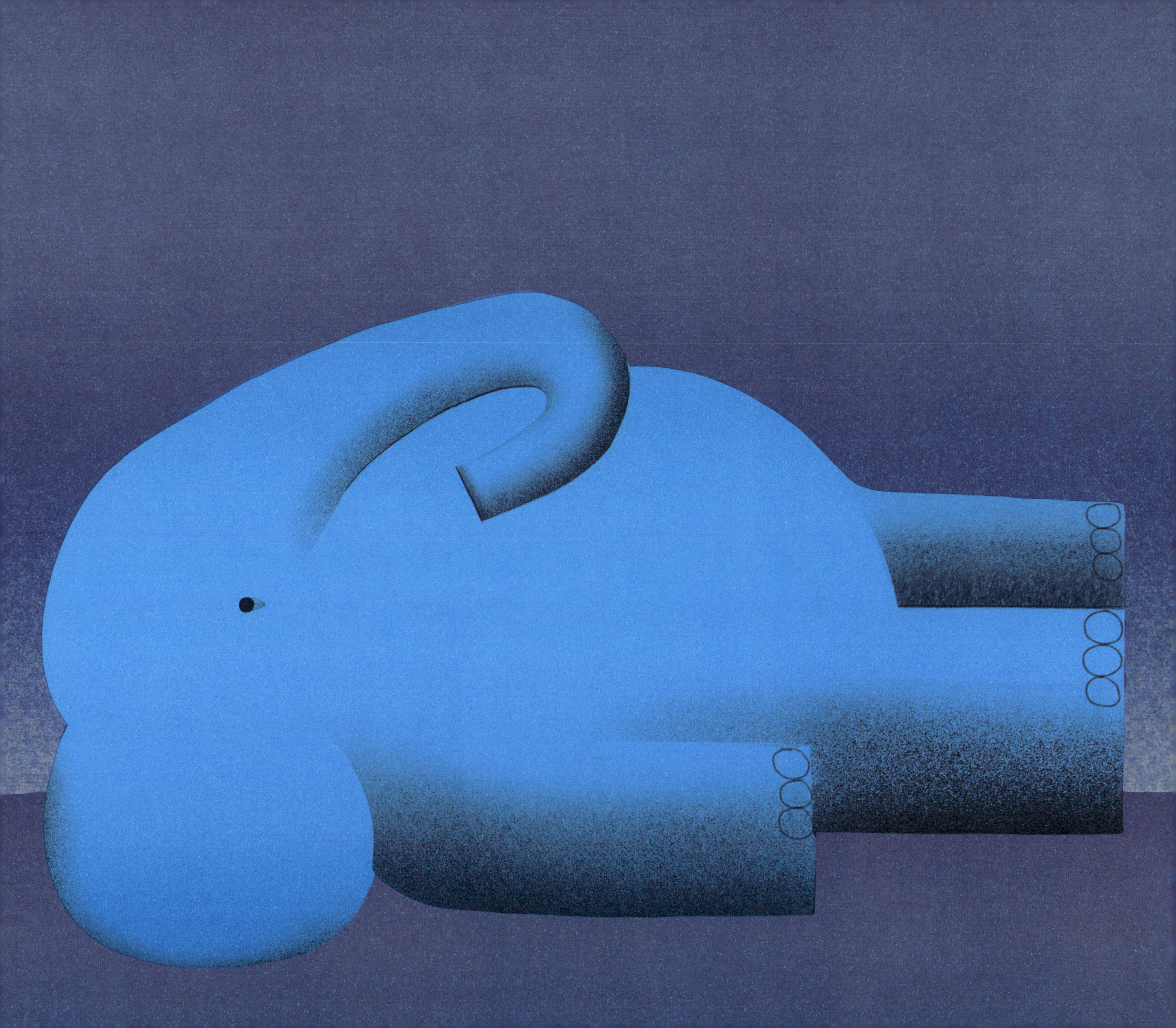

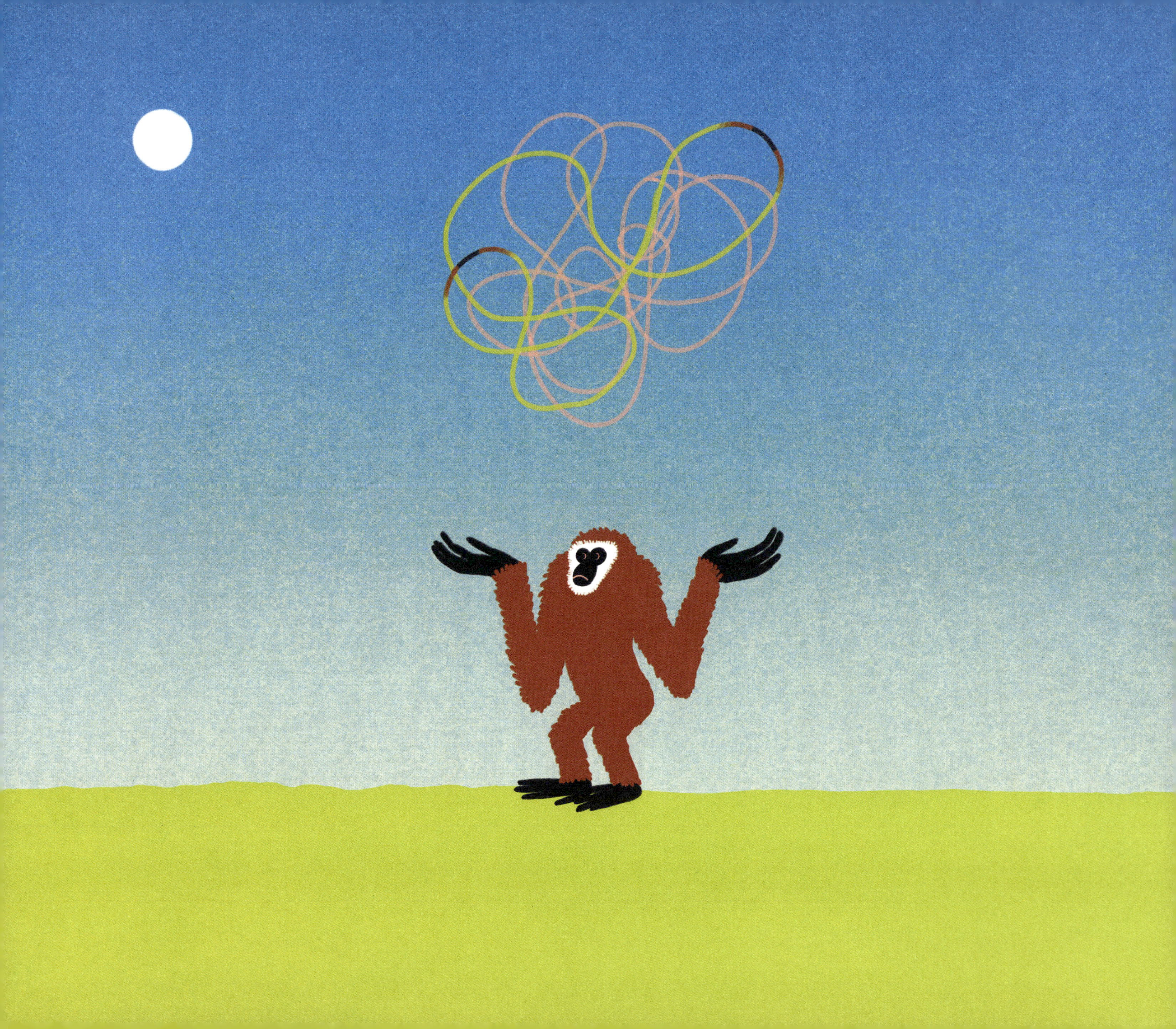

Nem um sorriso. Nem um som.
O elefante ouviu com atenção, mas permaneceu na sombra.

Em seguida, as irmãs avestruzes se aproximaram e inventaram uma dança chamada cancã.

Você tinha que ver como elas contorciam os pescoços e faziam caretas.

Foi hilário!

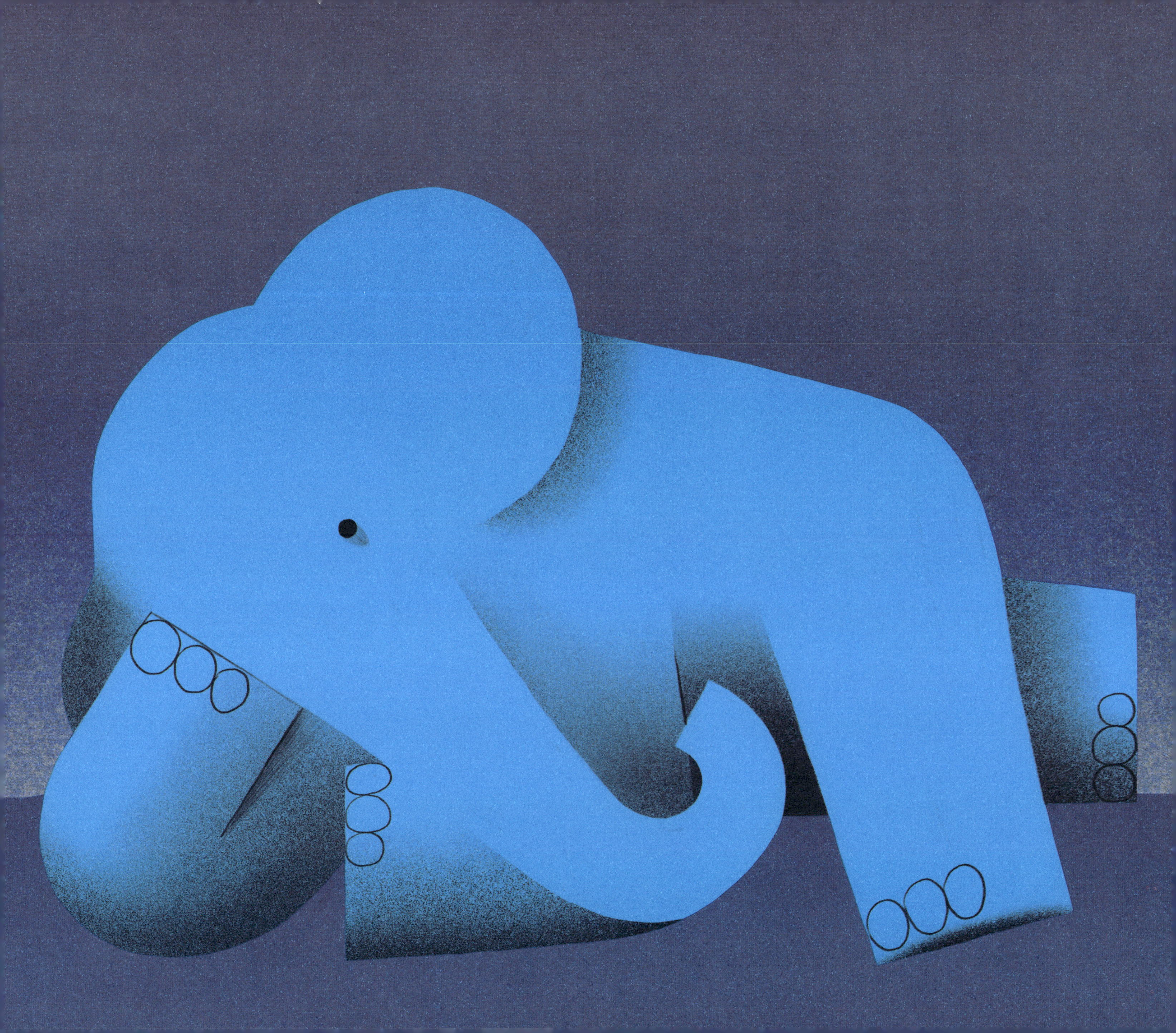

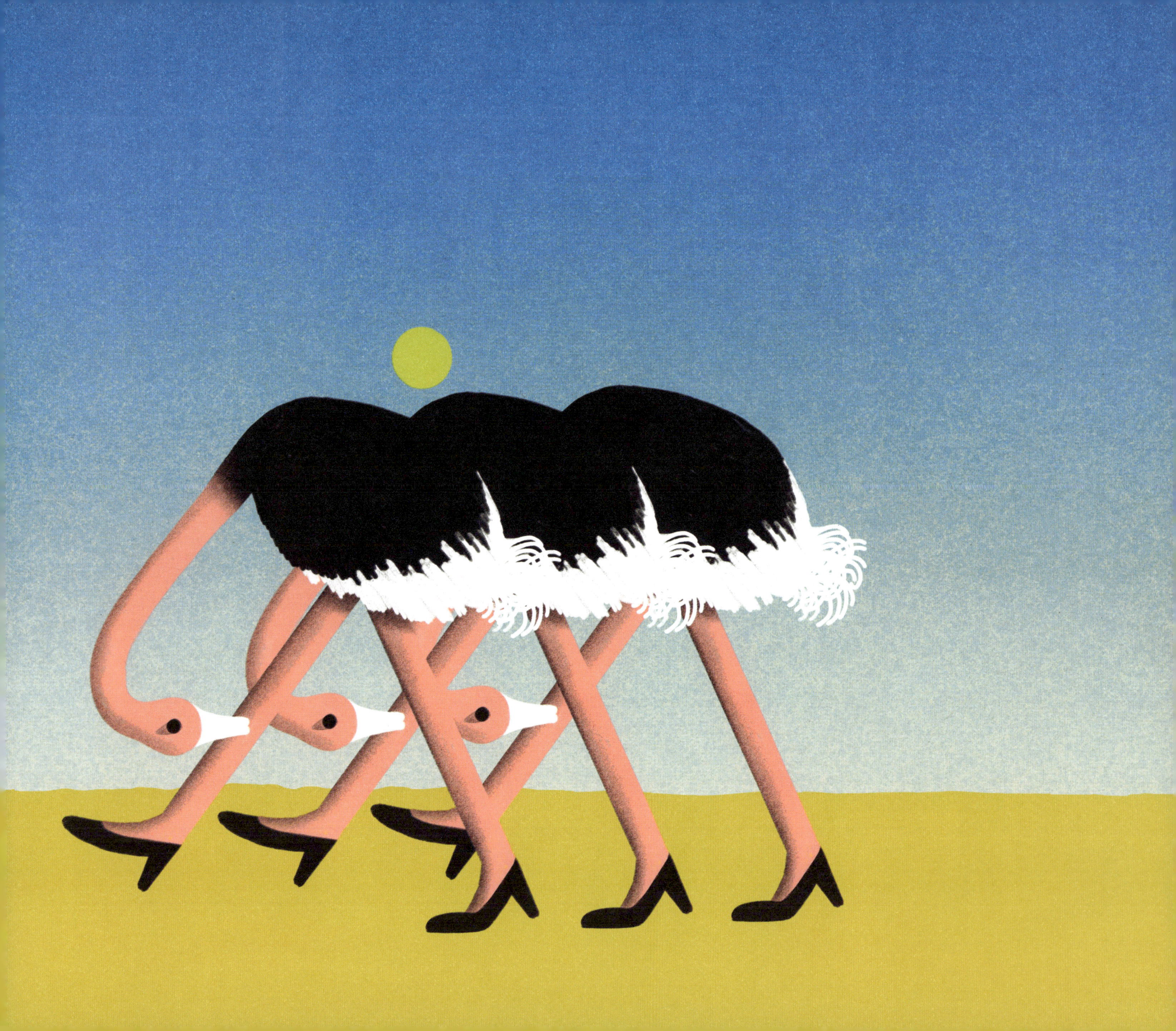

O elefante olhou para elas sem muito interesse e permaneceu na sombra.

Ao notar que o elefante não queria rir, o crocodilo pensou em levar uma guloseima de que ele gostasse muito.

E lhe ofereceu uma tigela cheia de folhas de acácia, as favoritas do elefante!

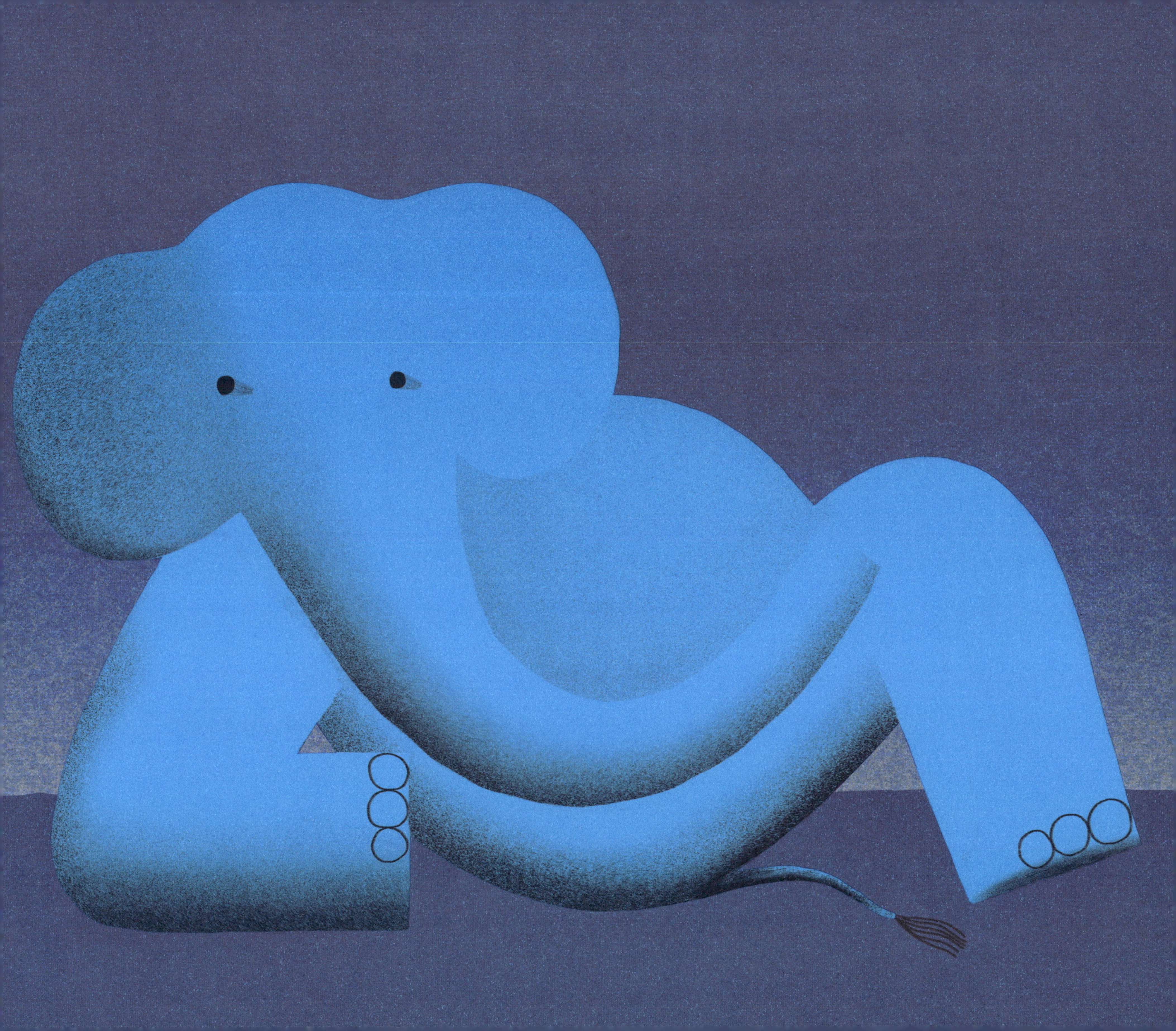

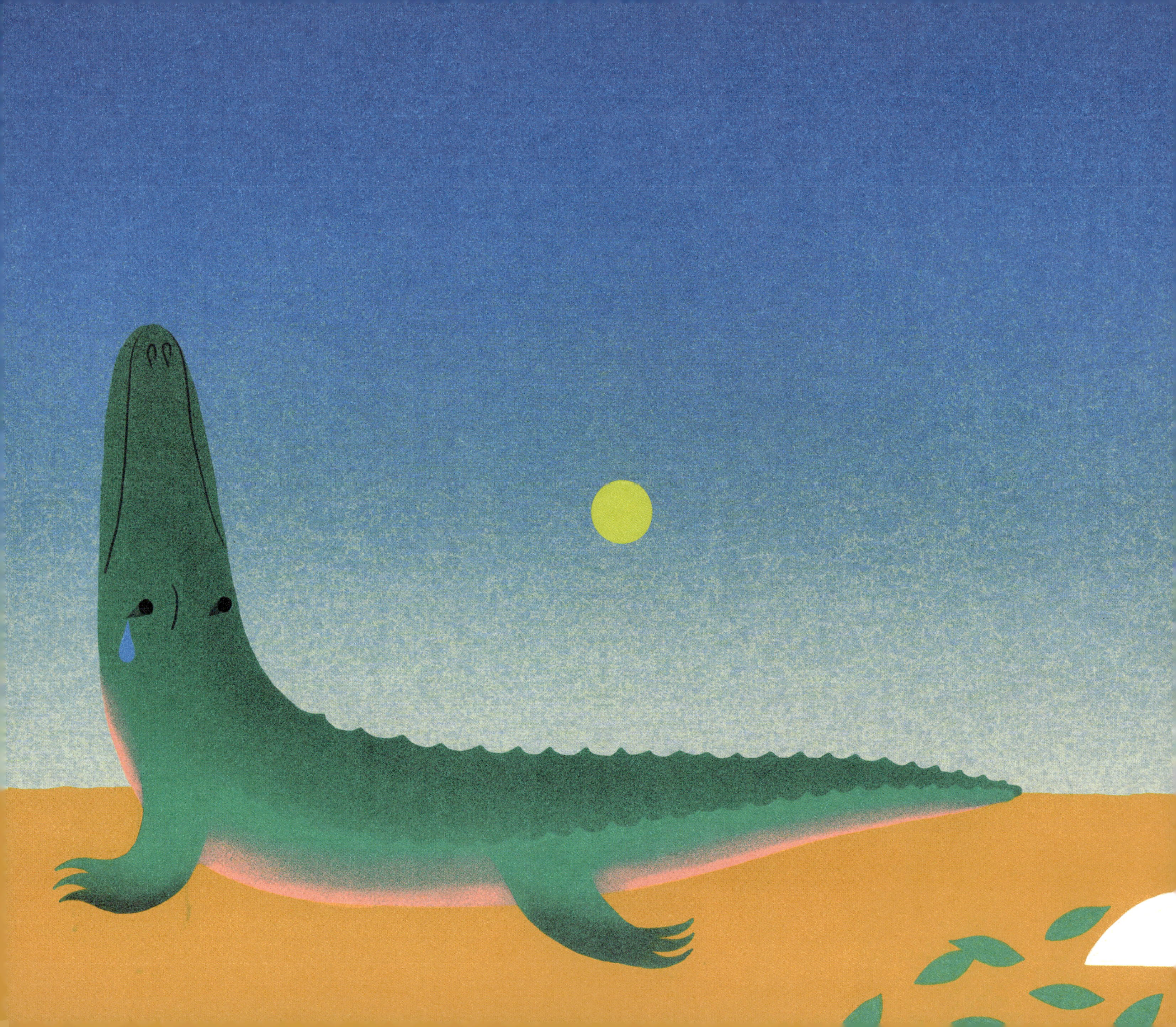

Também não funcionou.
O elefante piscou, soprou pela tromba,
mas permaneceu na sombra.

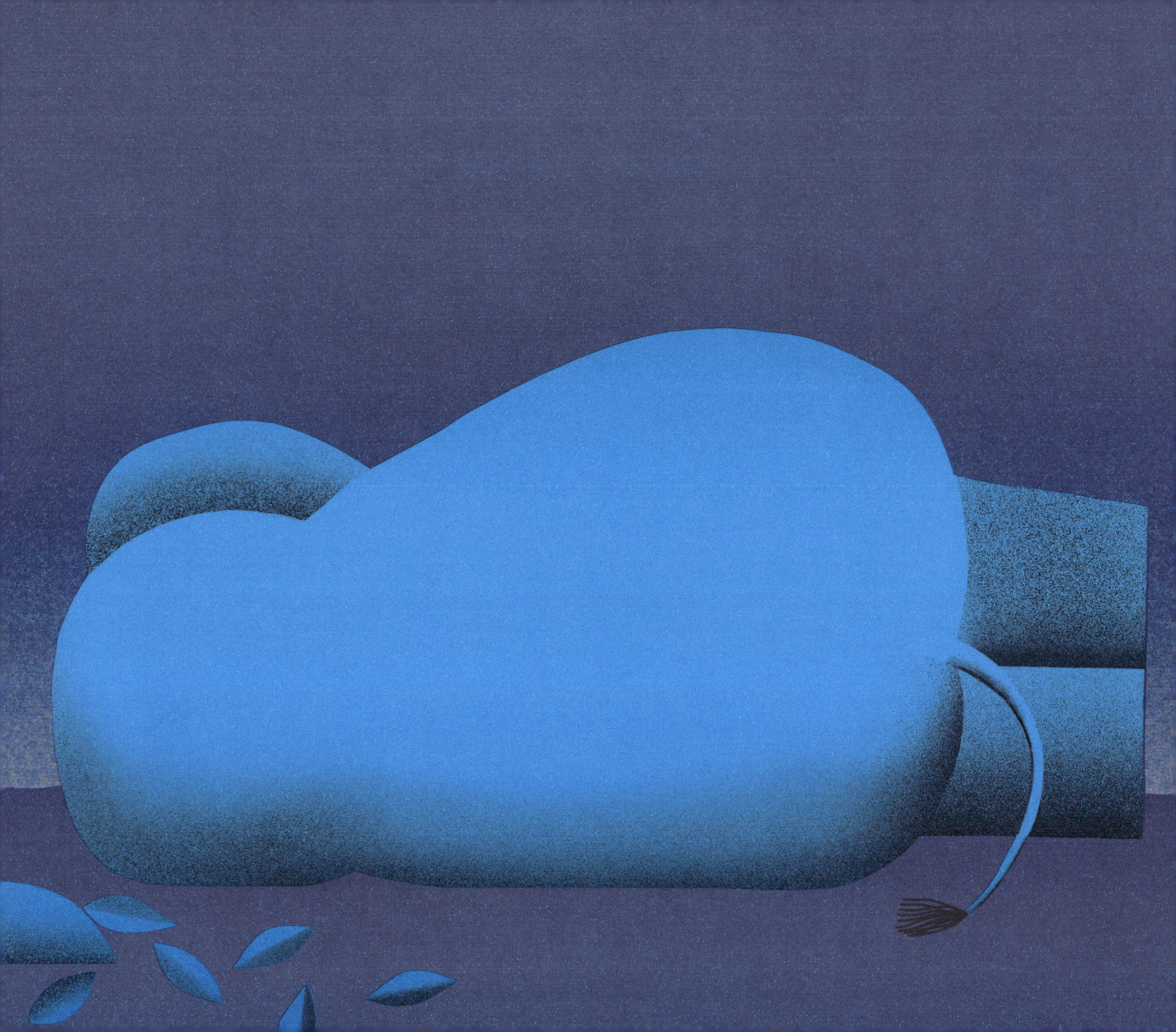

Uma ratinha que passava por ali parou.
Sem fôlego, ela perguntou ao elefante:

POSSO DESCANSAR AQUI, PERTO DE VOCÊ?

VOCÊ NÃO VEIO AQUI PARA ME CONTAR UMA HISTÓRIA?

NÃO, EU SÓ QUERIA ME SENTAR
AQUI UM POUQUINHO.

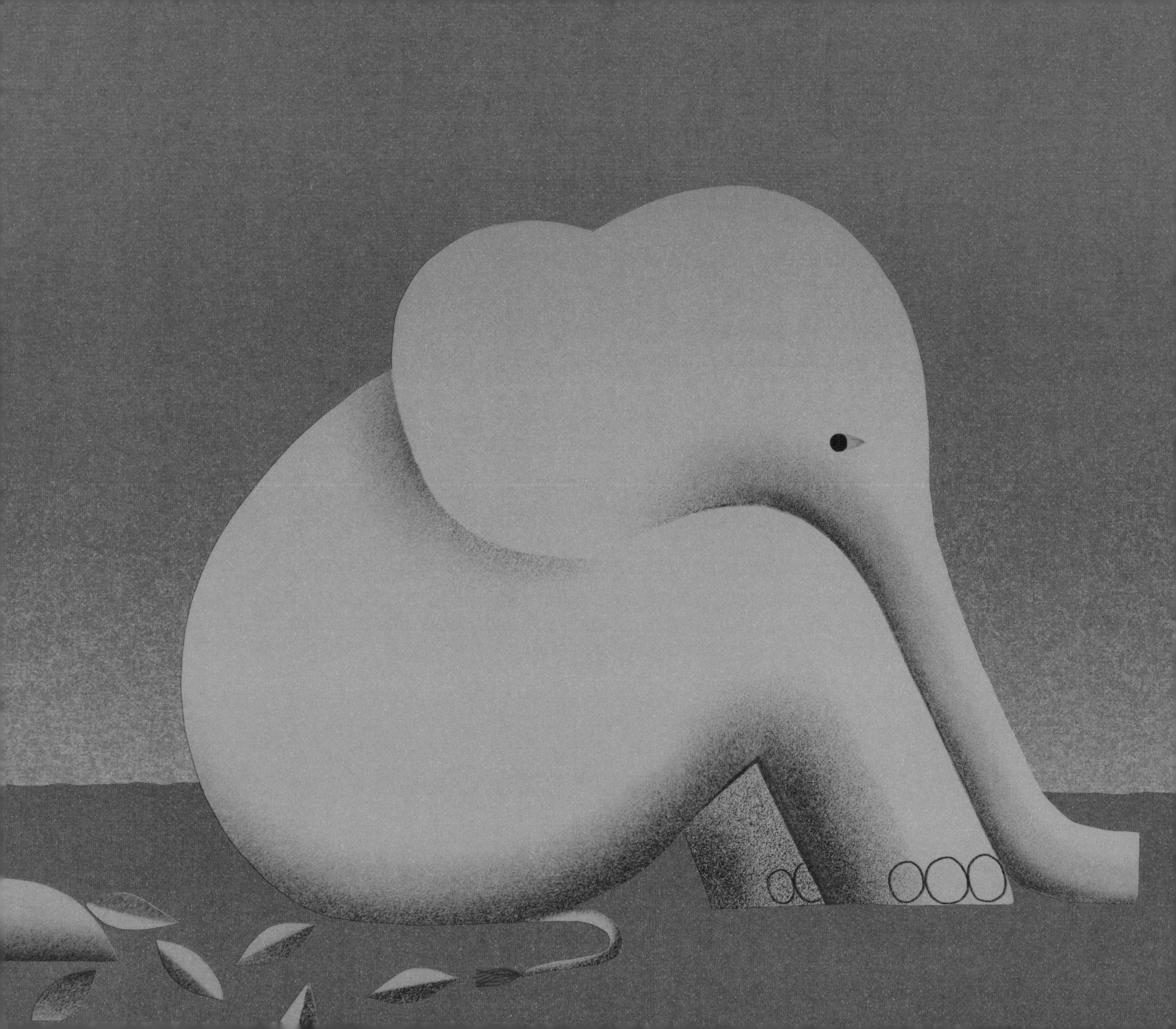

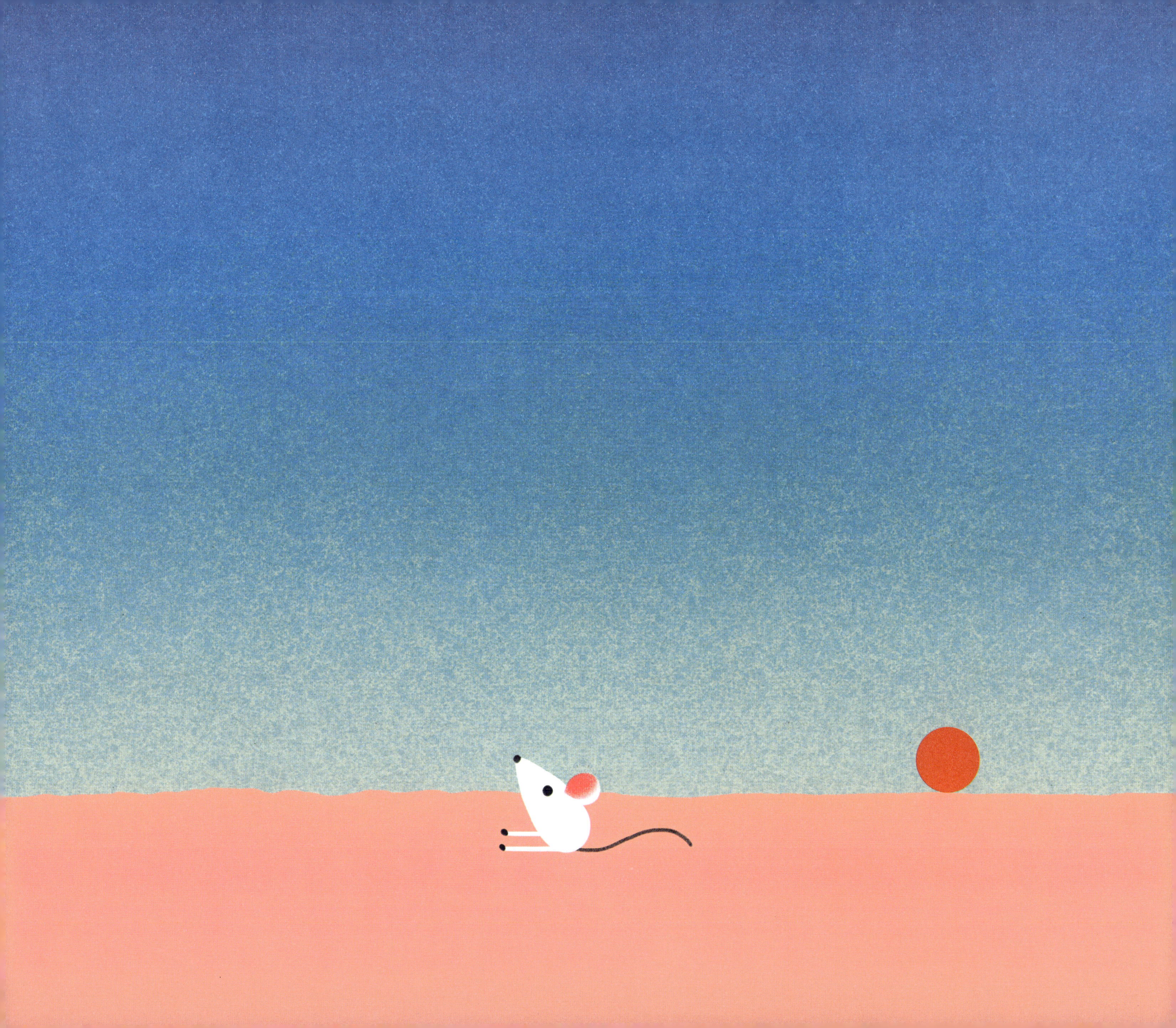

VOCÊ NÃO VEIO AQUI PARA ME ANIMAR?

NÃO, MAS SE VOCÊ QUISER EU POSSO CONTAR O QUE ACONTECEU COMIGO. ANDEI O DIA TODO PROCURANDO UMA CHAVE DE OURO. A CHAVE É DA MINHA IRMÃ. É A COISA MAIS VALIOSA QUE ELA TEM. PEGUEI SEM PEDIR E, QUANDO ESTAVA BRINCANDO PELA SAVANA, EU A PERDI. AÍ, ANDEI À PROCURA. E ANDEI UM POUCO MAIS. ANDEI TANTO QUE ME PERDI! TENHO MEDO DE NUNCA MAIS ENCONTRAR A CHAVE E DE NÃO ACHAR O CAMINHO DE VOLTA PRA CASA.

O elefante suspirou, soluçou um pouquinho e, então, começou a chorar.

Parecia chorar baixinho.
Parecia ter uma cascata de lágrimas escorrendo pelo rosto.
Parecia que ele nunca mais ia parar.

Ao vê-lo, a ratinha também começou a chorar.

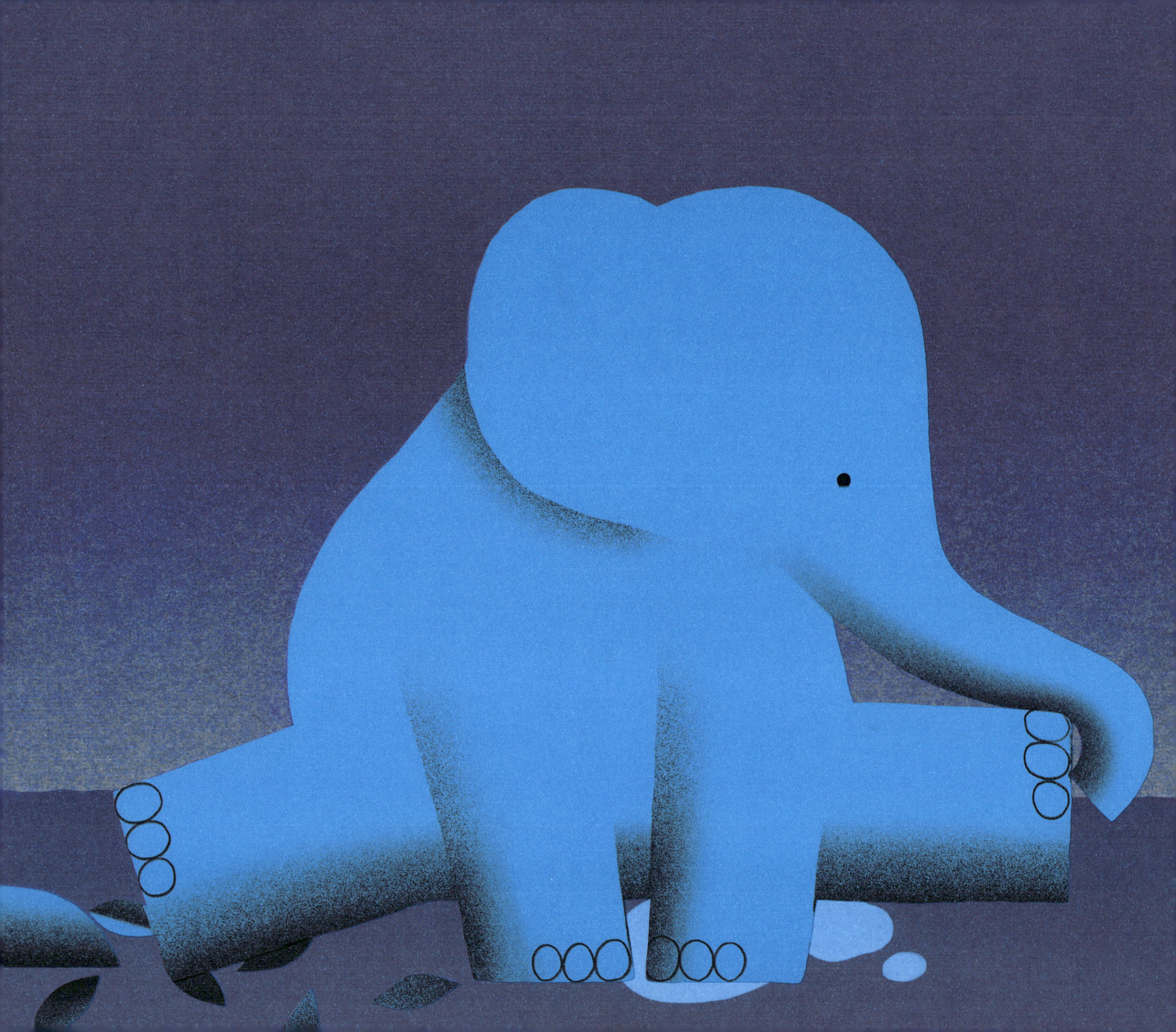

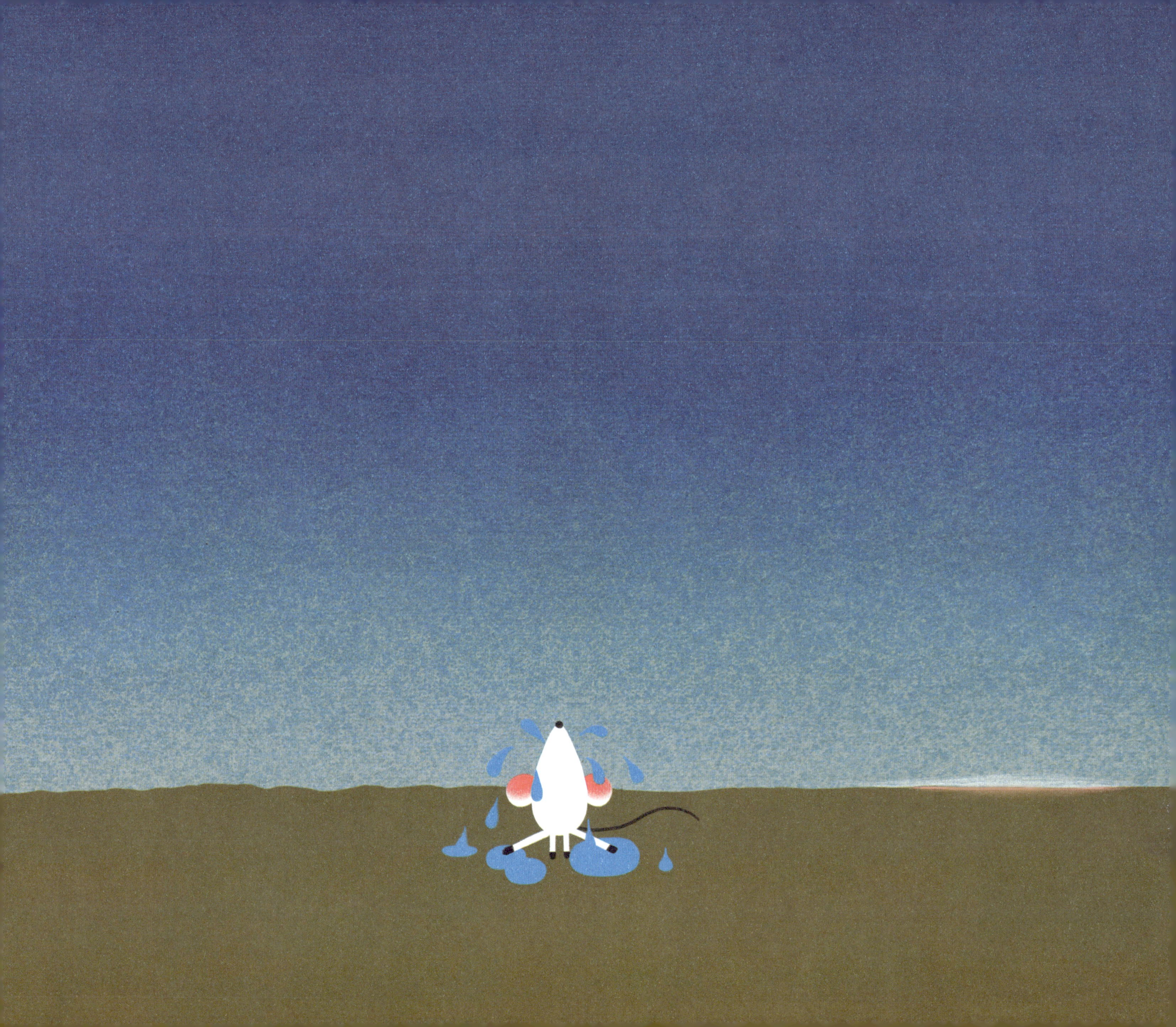

Aliviado, o elefante deu um passo.
E mais outro.
E, enfim, saiu da sombra.

Caminhou lentamente até a ratinha.

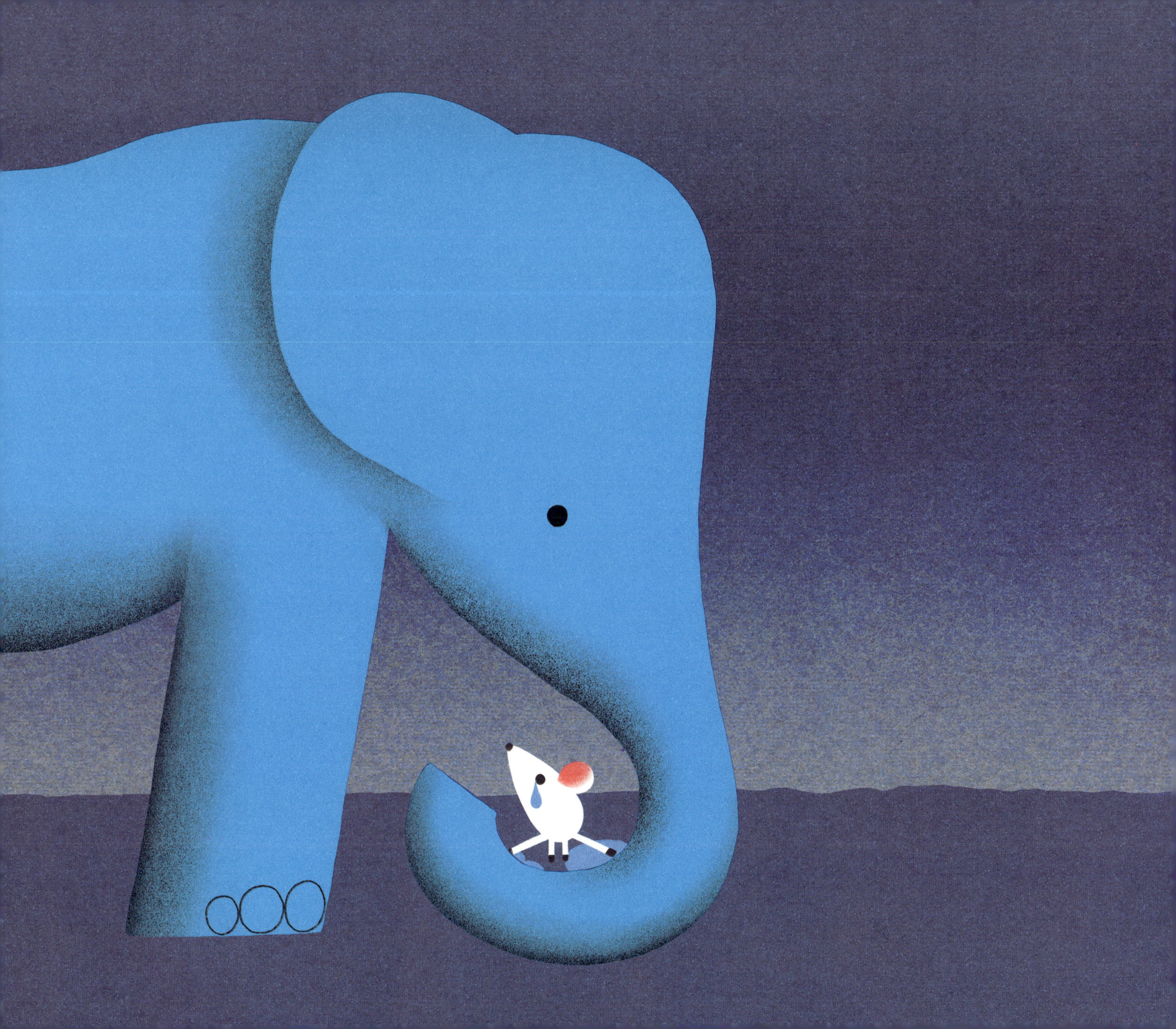

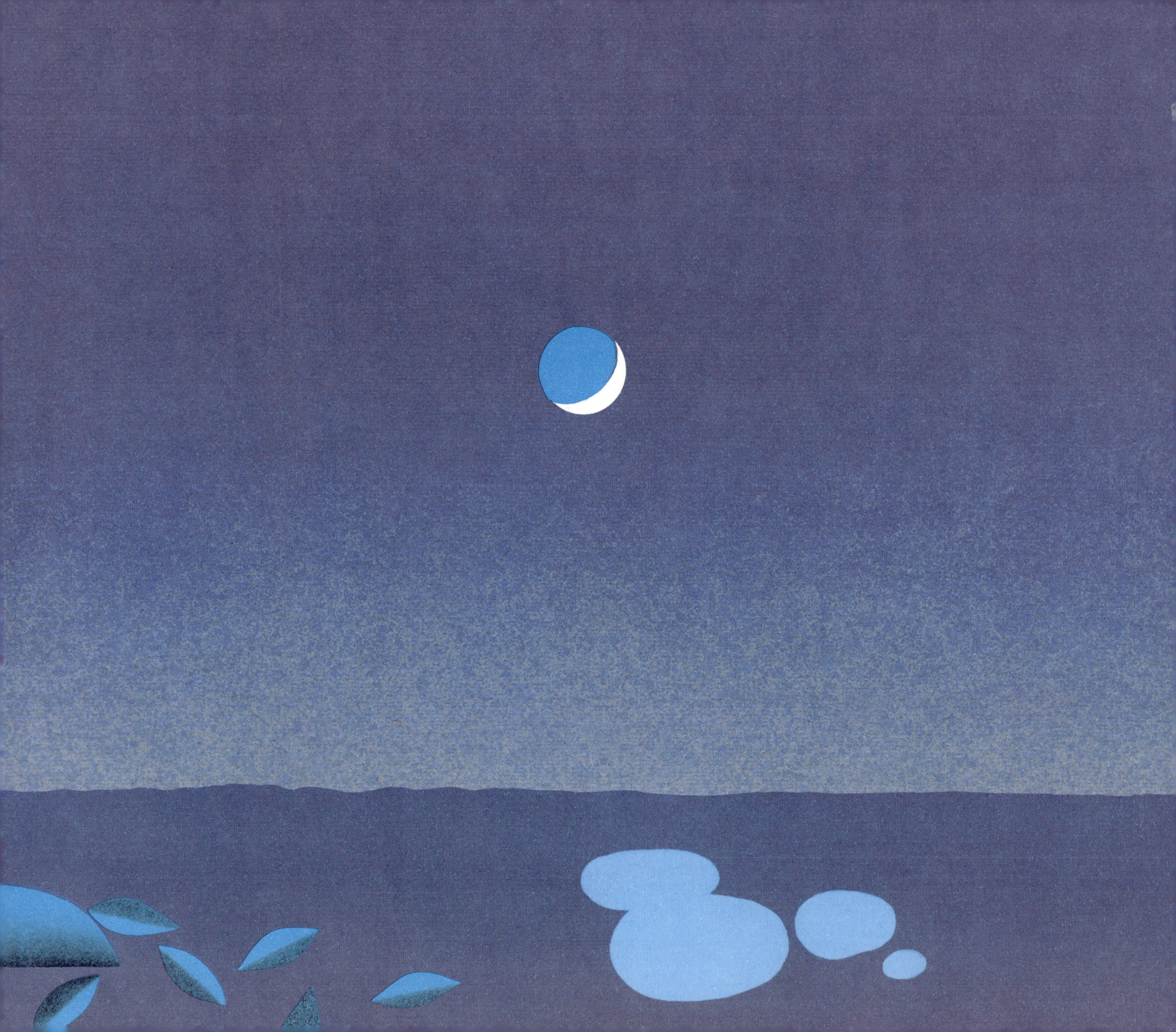

VAMOS JUNTOS. A **LUZ** DA LUA VAI GUIAR NOSSOS PASSOS E VAMOS ENCONTRAR A SUA CASA.

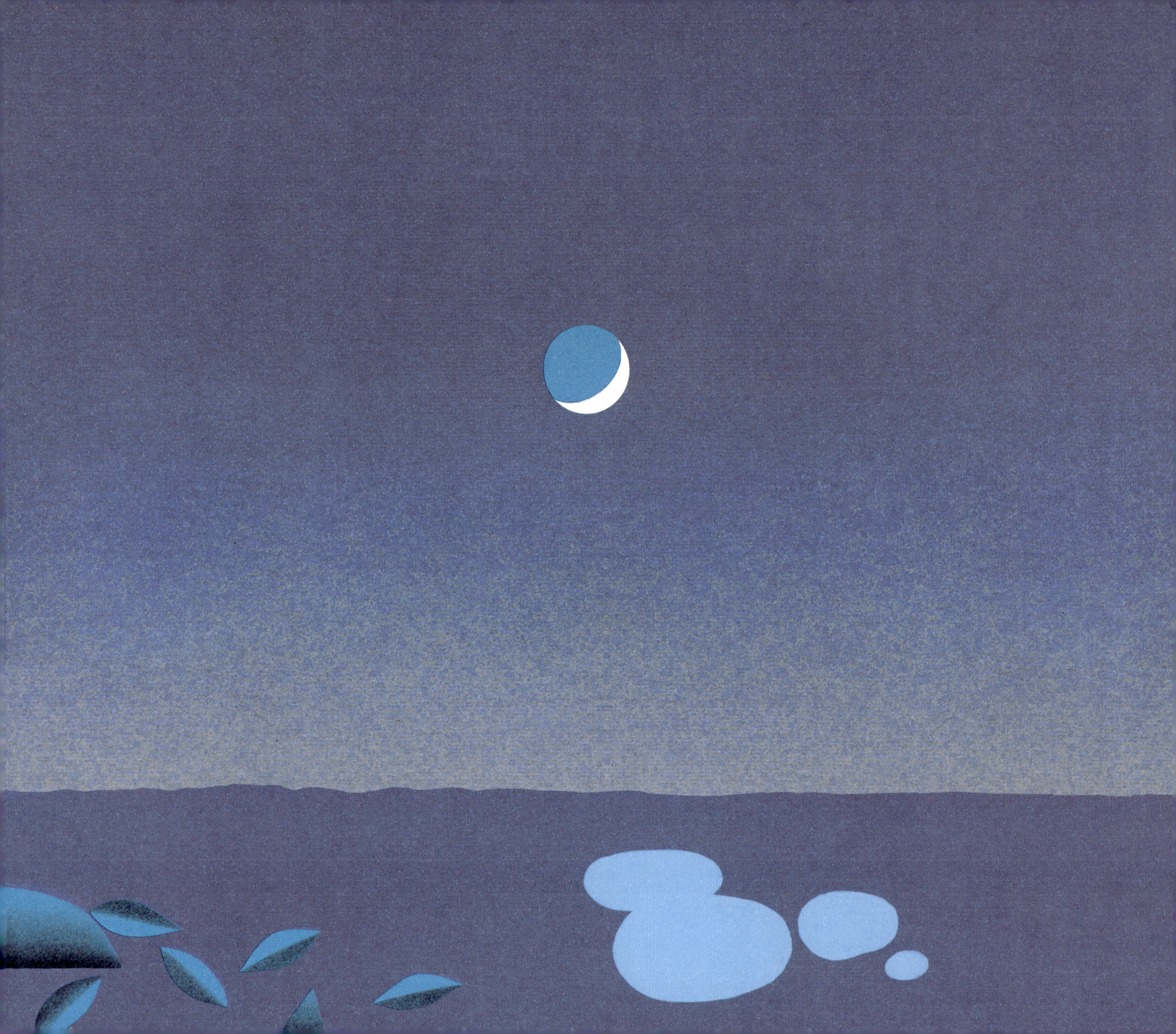

NO CAMINHO, EU QUERIA MUITO QUE VOCÊ ME CONTASSE A SUA HISTÓRIA.

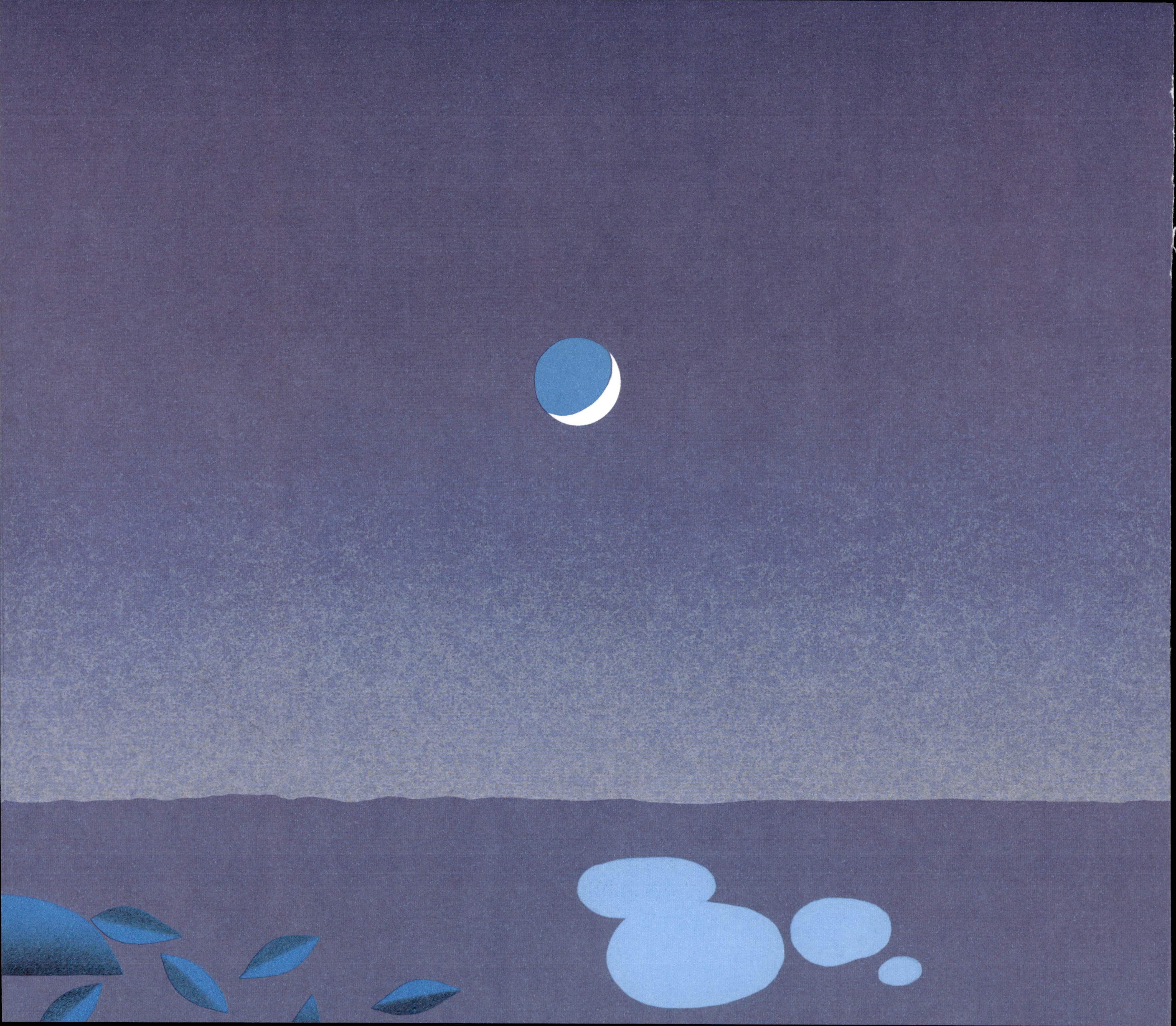

EU POSSO TENTAR...

FIM